빛나는 것을 모아
너에게 줄게

✳

명민호 글 · 그림

빛나는 것을 모아
너에게 줄게

잘될 수밖에 없는

너에게 보내는

마법 같은 이야기

빅피시
BIG FISH

모두의 소중한 순간에
빛을 밝히는 이야기 ──── *

숨 가쁘게 스치듯 지나가는 일상에서
중요한 것을 놓칠 때가 많은 요즘,
그동안 잊고 지낸 것이 무엇인지
가만히 생각해봅니다.

언제나 내 편이 되어주는 소중한 사람,
추억하는 것만으로도 행복해지는 사랑스러운 기억,
그리고 저마다의 소중한 그 무언가….

하나하나 떠올려보니 사실 소중한 것은
언제나 가까이에 있었는데
잠시 잊고 지낸 게 아닌가 싶어요.
그래서 저는 잊고 있던 소중한 것을 모으고
반짝반짝 빛나는 순간을 포착하여 그림을 그립니다.

지치고 힘든 날에는 따뜻한 위로를,
또 어느 날에는 정다운 응원과 격려를,
때로는 설레고 애틋하고 뭉클한 감정을 전하는
세상 곳곳의 이야기들을 모아
여러분 마음에 행복을 배달하려 합니다.

여러분이 제 그림을 보는 순간이
마치 그림 속 한 장면처럼
소중하게 간직됐으면 좋겠습니다.
그리고 우리 삶의 소중한 것을
다시 밝히는 기회가 되길 바라봅니다.

소중한 순간이 모여 반짝이는 세계가 될 때까지
저는 온 마음을 다해 그림을 그리겠습니다.

2022년 겨울을 맞이하며
명민호

contents

Part 1.   봄날의 설렘
●　●　●   오늘보다 내일이 더 빛날 것을 약속할게

Part 2. 여름날의 휴식

힘들 때마다 쉴 수 있는 그늘이 되어줄게

Part 3. 가을날의 마법
• • • • 네가 길을 잃지 않도록 언제나 빛을 밝혀줄게

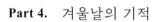

Part 4. 겨울날의 기적

• • • 반짝이는 별처럼 예쁜 꿈을 선물할게

Part 1.

봄날의 설렘

오늘보다 내일이

더 빛날 것을 약속할게

터닝 포인트

○

○

○

내 인생에 터닝 포인트가 있다면
너를 만난 순간이야.

무 채 색 이던 일상을
아 름 다 운 색깔로 가 득 물 들 여 주 고

무표정했던 얼굴을
웃음으로 가득 채워준

너는
내 인생의 전부야.

봄이 피었네

○

○

○

유채꽃 피어오를 때면
어느덧 봄이 성큼 다가왔음을 느낀다.

자전거에 유채꽃을 한아름 싣고
너에게 봄을 전하러 간다.

따스한 봄날의 햇살
향긋한 꽃 내음
봄날 아지랑이보다 설레는 내 맘을 담아
너에게 이 봄을 전한다.

언제나 내 마음을 봄날로 만드는 너와
이 예쁜 봄을 시작할 테다.

Moment

○

○

○

블라인드 사이로 기울어지는 햇살이
너와 내가 하나 되는 찰나를 비춘다.

고요한 오후의 빛이 우리를 통과할 때면
우리도 말없이 그러안으며 서로에게 집중해본다.

말하지 않아도 서로의 마음과 마음이 맞닿는
눈부시게 아름다운

이 순간.

좋은 아침

- ○
- ○
- ○

혹시라도 네가 깰까 봐 조심조심
네가 좋아하는 음식을 해봤어.

잠에서 깬 네가 깜짝 놀라는 모습을 상상하면서,
맛있게 먹으며 배시시 웃는 모습을 떠올리면서 말야.

가만가만 예쁘게 잠든 네가 깨길 기다리는 이 순간마저
나는 너무도 즐겁고 행복해.

앗, 깼다!
안녕, 오늘도 좋은 아침이야. ☀

달달해

슈팅스타의 톡톡 터지는 맛이 짜릿해서일까?
너의 짓궂은 장난에 내 맘이 몰랑몰랑해진 걸까?

지금 이 순간 아찔한 달콤함에 풍덩!
빠져버리고 말았어.

내 입에 감도는 이 달콤함은
내 심장에 맴도는 이 달달함은
아이스크림에서 나온 게 아니었나 봐.

아이스크림보다 달콤한 건
바로 너였어.

꽃길만 걷자

○

○

○

꽃처럼 예쁘게

두 손 꼭 마주 잡고 우리 꽃길만 걷자.

너와 함께라면 예쁜 곳만 가고 싶어.

순간

○
　○
　　○

세상이 멈춘 듯 고요한 새벽녘,
창백한 푸른빛이 우리를 비출 때.

모든 것이 사라질 것만 같은 낯선 공기 속에서
내 주위를 감싸안는 포근함을 느낀 건
내게 맞닿아 있는 너의 따스한 온기 덕분일 거야.

우리에겐 지금 이 시간이
너무나도 완벽한 순간일 수밖에 없는 이유.

당신과 함께

○

○

○

잠시 답답한 일상을 벗어나
초록이 무성한 숲에 가고 싶다.
적당한 날씨에 적당한 곳에 앉아
당신과 함께 조용히 차 한잔 나누며
가볍지도 무겁지도 않은
이런저런 이야기를 나누고 싶다.

당신과 함께라면
무엇을 하든
무엇이 됐든

다 좋다.

세상에서 제일
행복한 고민

○

○

○

배고픈 저녁.

오늘 저녁은 무얼 먹을까?

오늘도 우리는 행복한 고민을 한다.

우리의 일상

○ ○ ○ ○

토 - 닥 - 토 - 닥

오늘 하루도 고생했다며
어깨를 토닥여주는 너.

그런데 말이야,
네 사랑이 넘쳐서인지 나 너무 아프다….

토 - 닥 - 토 - 닥

나도 네게 큰 사랑 주기 위해 열심히 토닥이는데
너는 괜찮은 거야?

그저 해맑은 얼굴로 행복해하는 널 보며
토닥토닥이 투닥투닥으로 변하는 건

어쩌면 우리의 일상인걸.

하
루
의
끝

○

○

○

하루의 끝을 너와 함께 보내고 싶다.
가만히 누워 서로의 향기를 맡으며, 함께.

좋아 하 는 영 화
좋아 하 는 음 악
좋아 하 는 만 화

좋아하는 것들을 너와 함께하며

잠들기 전까지

하루의 끝을 너와 함께하고 싶어.

이불보다
너

○
○
○

주말 오후, 너와 함께 단잠에 빠졌다.

포근한 햇살이 우리를 비출 때
너는 내게 살포시 다가와
나만의 이불이 되어주었다.

솜이불보다 따뜻한 너의 온기
깃털보다 아늑한 너의 감촉

이 온도와 향기를 간직하고 싶어서
세상 단 하나뿐인 나만의 이불을
꼬옥 껴안아본다.

모르겠다

○
　　○
　　　○

마음의 물은 엎질러졌고
마음을 담았던 컵은 금이 가버렸다.

우리,

　　어쩌다 이렇게 되었을까.

　　　　　엎질러진 물을 담는 방법이 있을까.
　　　　　깨진 컵을 붙이는 방법이 있을까.

　　　　　너와 눈을 마주한 채 생각해보지만
　　　　　도무지 답을 찾을 수가 없다.

　　　　　서로 바라보고 있지만
　　　　우리 눈 속엔 이제 서로가 없으므로.

변함없는
우산

예상치 못한 비에 망연자실하고 있을 때
어디선가 익숙한 목소리가 들려온다.
고개를 들어보니 내 앞엔
언제나 내 편인 당신이 서 있다.

비가 오나 눈이 오나 내 곁을 지켜주는 당신이란 존재가,
연애 시절이나 지금이나 늘 변함없는 당신의 마음이
오늘따라 내 가슴을 촉촉하게 적신다.

단 하나뿐인 내 편이 되어줘서 고마워.
사랑스러운 내 편들을 만들어줘서 감사해.

변함없는 당신을 나도 한결같이 사랑해.

노란 산책

"할멈~, 여기도 예쁜 꽃 피었네?"
"남들 보잖어. 창피혀!"
"뭐 어때. 내 눈엔 꽃인디!"

어여쁜 개나리보다 더 예쁜 저 부부처럼
나도 훗날 사랑하는 사람과
두 손 꼭 붙잡고 정답게 산책하고 싶다.

세상에는 아직 낭만이 존재함을 깨닫는
봄날의 따스한
노란 산책 길.

엄
마

○

○

○

○

창문 밖 너머 빼곡한 풍경을 바라보는 것만이
유일한 쉬는 시간이었다.

창에 비친 내 모습은
언젠가 엄마의 모습과 같았다.

엄마도 이랬을까?
엄마도 나와 같았을까?

엄마가 되어서야 보이는 것들이 있다.

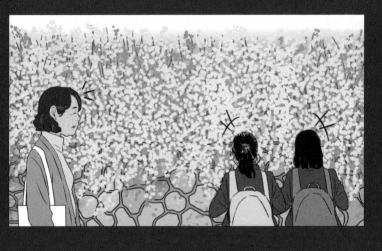

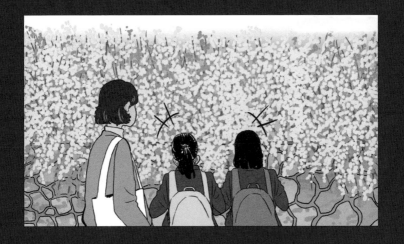

개나리의 꽃말은

"희망, 기대, 깊은 정."

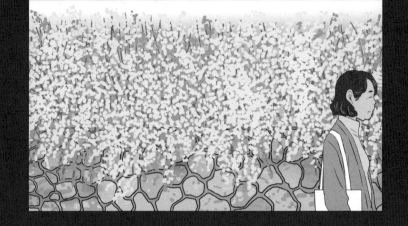

세월이 흘러도 희망하고 기대합니다.
그리고 기억하겠습니다.

안녕

○

○

○

해 질 녘
석양이 네 방을 비출 때면
저 멀리서 교복을 입은 네가
손 흔들며 이리로 뛰어올 것만 같아.

오 늘 도
　　　안 녕 . 　보 고 　싶 어 . ———○

우리 사이에 안녕이란 말은
작별 인사가 아닌
영원한 안부의 인사.
그리움을 담은 간절한 사랑의 말.

사랑하는 마음으로

o

o

o

당신과 함께 심은 사랑의 싹이
꽃을 피우고 예쁜 꽃밭이 되었는데
당신은 이제 내 곁에 없다.

당신은 내게 늘 예쁘고 아름다운 곳만 보여 주었는데,
오늘도 내게 예쁘고 아름다운 곳을 선물로 남겨놓았는데….

이제는 내가 이 예쁜 풍경을 당신에게 선물할 차례다.
사랑하는 마음을 담아.

완벽한 아침

내가 좋아하는 된장찌개와 달걀말이로
김이 모락모락 나는 아침상을 차려놓고서
혹시라도 아이가 깰까 봐 소근거리는 네 모습에
나도 모르게 너를 와락 껴안고 말았어.

누군가에게는 별것 아닌 일상이겠지만
너의 사랑으로 꾸려진 이 아침이야말로
내겐 세상에서 가장 호화로운 완벽한 식사인걸.

Part 2.

여름날의 휴식

힘들 때마다 쉴 수 있는

그늘이 되어줄게

노을 사이

○
○
○

시간이 우리 사이를 눈치챈 걸까?
뜨거웠던 공기가 멈추고
해는 부끄러운 듯 조용히 고개 넘어 숨는다.
푸르스름하게 내려앉은 하늘은 붉은 노을을 잠재우며
우리를 어둠으로 감싸안는다.
반딧불만이 조용히 빛을 밝히는 시간,
밤하늘과 저녁 하늘 사이의 우리 둘.

방울 방울

○

○

○

첨벙첨벙

손을 맞잡고 발을 담그며 너와 함께 빨래를 한다.

첨벙첨벙

무더운 날이지만 시원한 비눗물에 기분이 좋아.

방울방울

비눗방울이 우리 둘의 마음을

흩날리며 장식해.

너와 함께하면 빨래도 시원한 놀이가 된다.

아름다운
방식으로

○

○

○

햇살이 적당히 내리쬐는 오후.
빛을 따라 반짝이는 너의 모습은
부끄러움을 한껏 머금은 붉은 복숭아 같았다.

복숭아빛 미소를 띠고 조용히 나를 바라보는 너를 향해
나는 나만의 방식으로 네 마음속에 내 마음을 덧칠한다.

우리, 이 마음이 바래지 않도록
매일매일 우리의 시간을 색칠하자.

나무

○　○　○

우리 둘

함께 걷던

울창한 나무 숲길.

이제 그 자리 그곳에는
저 나무만이
여전히 변함없이 서 있네.

세상에서
제일 예쁜

○

○

○

세상에서 제일 예쁜
우리 엄마.

엄마이기 이전에 어여쁜 아가씨였을 우리 엄마가
내 눈에는 여전히 곱고 예쁘기만 하다.

세상 그 누구보다 예쁜 엄마에게
사랑한다고 마음을 전해본다. 🩶

울고 싶을 땐

o

o

o

"아빠, 울지 마!"

"아빠 우는 거 아니야….."

자신 있게 요리를 해주겠다며 채소를 다듬다가
대파의 알싸한 매운 향에 나도 모르게 눈물이 났다.

울고 싶을 땐 양파나 대파를 썰어보는 걸 추천한다.

한바탕 꿈나라로

○

○

○

한바탕 소란도 잠시,
따뜻한 햇빛과 포근한 이불에 졸음이 밀려와
곧바로 잠들어버리는 우리.

어쩜
자는 모습이 이리도 똑같을까?

서로 다른 너와 내가 모여 우리가 되고
우리는 그렇게 가족이 된다.

작별

○

○

○

아침에 항상 입 맞춰주는 너를 보며
문득 네가 사라져버리는 상상을 할 때가 있다.

너는 내 인생의 전부인데, 항상 함께인데,
이 세상에 우리가 아닌 나 혼자라고 생각하면
몹시도 두렵고 무섭다.

너와 함께하는 익숙한 일상이
그저 당연한 것이 아님을 다시 한번 느낀다.

그러니 우리 익숙함에 속지 말자.
우리가 함께함을 오늘도 고마워하자.
늘 같은 마음으로 사랑하자.

우리 생이 끝나는 날이
우리 작별의 날이 되길.

아
버
지

。
　。
　　。

기억 속 아버지의 등은
언제나 크고 넓었다.
어느새 백발이 된 아버지는 이제 왜소해졌지만
아버지의 뒷모습은 내게 한없이 크기만 하다.

마음
한구석

○
　○
　　○

"엄마 걱정은 말어~."
"밥은 잘 먹고 다니는 겨?"

무더운 여름 날,
땀을 뻘뻘 흘리며 청소하고
쉴 때조차 사람들 눈을 피해
숨 고르는 분들을 보면
학창 시절, 새벽같이 일을 나가던
나의 어머니가 떠올라
마음 한구석이 뭉클해진다.

누군가에게는 즐거운 계절이
누군가에게는 고된 계절이 될 수도 있는 어느 여름날.

우리들의 영웅

○

○

○

어느 소방관의 인터뷰를 본 적이 있다.
그가 소방관이 된 지 얼마 안 됐을 무렵,
큰 화재로 인해 출동을 했고
그때 미처 어린아이를 구하지 못한 것이
평생 마음속에 남아 죄책감을 가진 채 살아간다고 했다.

불길에 목숨이 왔다갔다 하는 순간에도
자신의 목숨보다 다른 이의 생명을 우선시하는 소방관님들에게
작은 그림으로나마 감사와 위로를 표하고 싶다.

너를
그리워하며

○

○

○

밥은 잘 먹고 있지?
산책도 하고 운동도 꼬박꼬박 하고 있어?
오늘 기분은 어땠어?

네가 사는 그곳은 어때?

매일 내 이름을 불러주던 네가
몹시도 궁금하고 그리워서
나는 오늘도 네 생각을 한다.

또
비
온
다
ᐧ ᐧ ᐧ
ᐧ

"밖에 또 비 온다….."

널 만나러 달려가고 싶은 내 맘도 모르고
야속하게도 쉴 새 없이 쏟아지는 비를 보며
내 마음도 덩달아 젖어든다.

그런 내 기분을 아는 듯
축축해진 내 맘에
달콤한 너의 목소리와
사랑스런 너의 마음이 다가와
보송보송한 안도감으로 스며든다.

비가 와도 너와 함께라면
모든 게 괜찮아.

괜찮을 거야

○

○

○

집 밖으로의 외출도 두렵고
사람과의 접촉도 걱정스러운 시기.
코로나바이러스는
우리 모두를 불안에 떨게 만들었다.

아이들에게도 이런 불안감이 느껴졌는지
칭얼대는 아이를 괜찮을 거라며 달래본다.

어서 이 시기가 지나가고
모두가 일상으로 되돌아갔으면 하는 바람이다.

우리 모두 이제 괜찮을 것이다.

책 볼 사람!

○
○
○

우루루 몰려와 다 함께 책 보는 시간.
지금 이 시간만큼은 모두가 어린이다.

어린아이에게는 상상을
어른아이에게는 추억을

책은 행복이라는 시간을 선물해준다.

고마운 길

o

  o

    o

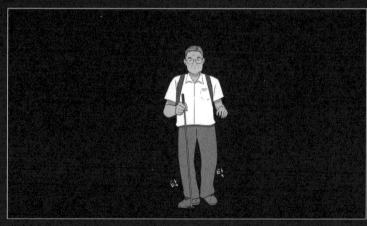

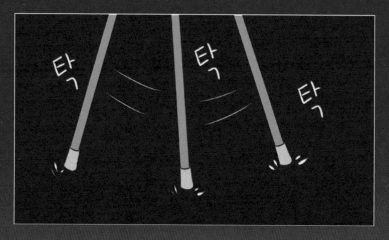

눈으로는 잘 보이지만
마음으로는 잘 보이지 않는 길이 있다.

인도를 따라 이어진 시각장애인용 노란 보도블록은
누군가에게는 꼭 필요한 고마운 길이다.

요즘은 미관상 예쁘지 않다는 이유로
이 노란 보도블록이 사라져가고 있다.

모두가 함께 살아가는 세상인데
점점 소수를 위한 것을 외면하는 것 같아 안타깝다.

하루라도 빨리 노란 길이
구석구석 잘 이어져 나갔으면 하는 바람이다.

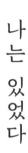

나는 있었다

○
○
○

그날의 함성과
그날의 용기와
그날의 기세가
모두 하나 되어 외치던
그날 그곳에
나는 있었다.

나의 존재는 점점 잊힐지라도
역사적인 그날은
영원히 존재할 것이다.
영원히 기억될 것이다.

그
냥
。。。

시들어버린 화분 속 식물처럼
말라버린 내 마음에도
너라는 물줄기가 필요한데.

우리 이제
서로 닿을 수 없는 곳에 있구나.

Part 3.

가을날의 마법

네가 길을 잃지 않도록

언제나 빛을 밝혀줄게

가을

- ○
- ○
- ○

온통 무채색이던 내게
가을이 찾아왔다.
붉은 단풍처럼 내 마음에 곱게 스며든
너와 함께
아름다운 이 계절을 걷는다.

놓지 마

○
○
○

"놓지 마!"

"나만 믿어!"
"절대로 안 놓을 거야!"

흔들흔들 불안해도 나를 믿어주는 너에게
서툴러도 한 발 한 발 조심히 맞춰가는 너에게

너를 향한 이 손을 절대로 놓지 않을 것을
다짐하고 또 다짐해.

소확행

○

○

○

집으로 돌아가는 퇴근길에
너와 함께 장을 보고
길거리 떡볶이를 나눠 먹던 일상이
소소하지만 가장 행복한 순간이야.

너를 통해서 깨닫는
작지만 확실한 행복.

너와 함께라서 더 행복해.

날씨가 덥거나 추워도
36.5°C의 체온을 유지하는 우리 몸처럼,
그렇게 덥지도 춥지도 않게
포근포근한 우리 사이.
지금 너와 나의 온도는 36.5°C.

사랑스러운
마중

○

○

○

혹시라도 무슨 일이 생길까 봐
항상 나의 퇴근길을 마중 나오는 부모님.
부모님 눈에는 아직도 내가 어린아이로 보이나 보다.

엄마, 아빠 손을 잡고
오순도순 옛이야기 나누며 걸어가는 정다운 밤.
나를 지켜주는 두 명의 수호신을
밤하늘 별처럼 마음속에 깊이 새겨본다.

당신의
　　　흔적

○

○

○

"어때?"

'이제 나 없이도 잘 하네~.'

당신이 떠난 자리에 당신의 흔적이 사라질까 봐
기록하고 또 기록하며 당신을 남겨본다.

하지만
아무리 따라 해보아도
당신의 맛과 향은 따라갈 수 없다.
당신의 빈자리는 그 무엇으로도 채울 수 없다.

오늘도 나는 당신이 무척이나 그립다.

찬바람에
창문을 닫았다

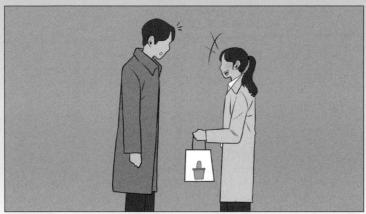

청량한 가을 하늘에 바람이 일렁인다.
차갑고 서늘한 바람은
비좁은 내 마음속까지 스며들어
잊고 있던 기억을 끄집어낸다.

괜히 바람이 찬 탓을 하며
나는 다시 창문을 굳게 닫는다.

꽃보다
너

○

○

○

뻔한 얘기 같지만

너를 볼 때마다 몹시도 사랑스러워,

내 심장은 콩닥콩닥 너를 향해 달려가.

그런 내 마음을 아는지

나뭇잎도 내 마음처럼 붉게 물들었나 봐.

내게는

　　　꽃보다 네가

　　　　　　예쁘고 곱다. 🌱

말하지 않아도
알아요

○

○

○

사 랑 해   고 마 워 요
-----------   -------------

세상에서 제일 예쁜 동작.
세상에서 제일 예쁜 말.

그리고

세상에서 제일 예쁜
엄마 마음.

말하지 않아도 나는 알아요.

고마워, 엄마
        사랑해

어디든 떠나고 싶다

○

○

○

아무도 없는 사무실,

오늘도 홀로 야근을 한다.

이곳만 아니라면

어디든 떠나고 싶은 요즘.

하나가

둘이 되고

둘이 셋이 되고

넷이 되는

인생은 꽤 즐거운 소풍.

어린아이가 되는 시간

○

○

○

갈대 하나로 어린아이가 되어
귀여운 장난을 치는 우리.

그런 서로를 보고 있노라면
어린아이처럼 웃음꽃이 피어나는 우리.

갈대도 웃음이 터졌는지
보드라운 갈대꽃을 흩날리며 함께 미소 짓는다.

함께 있으면 언제든
어린아이가 될 수 있는 우리.

당신과 함께
영원히 아이 같은 마음으로
아이 같은 웃음을 간직하고 싶다.

공허

○

○

○

세상 모든 것이 사라져버린 듯 공허한 때에도
한순간 공기가 멈춘 듯 마법 같은 시간이 찾아온다.

그럴 때마다 허전한 내 마음의 이유를
이 시간에 기대어본다.

창밖의 풍경이
너무 아름다웠기 때문이라고.

반창고

。

。

。

아프지 말라고 네가 붙여준 작은 반창고를 보면
불안한 내 마음이 너로 물들어 채워지는 것 같아.
나의 가장 작은 구석까지 보듬어주는 네 마음이
고스란히 전해지는 것 같아.

너에게 나도 반창고 같은 존재였으면 좋겠어.
너의 마음 구석구석까지
빈틈없이 채워주는 존재였으면 좋겠어.

우리 서로
반창고 같은 사랑을 하자.

안경이 문제

○
○
○

(ˊoˋ)! (ˊ˘ˋ)!

$(\eta^{\bullet}\smile^{\bullet}\eta)$　　　　　$(*^\wedge\triangledown^\wedge*)$

여기서 뭐해?

○

○

○

"여기서 뭐해?"

"기… 기다리고 있었어, 너를!"

휴대전화가 없던 시절,
아버지와 어머니의 연애 이야기에는 낭만이 가득했다.

사랑하는 마음을 펜과 종이에 담아 전했고,
비나 눈이 오면 사랑하는 이 걱정에 밤을 지새웠다고 한다.

시대가 빠르게 변하는 만큼
사랑도 빠르게 왔다가 빠르게 끝나는 것 같은 요즘.
그때 그 시절처럼 천천히 흘러가는 느린 사랑을 해보고 싶다.
낭만이 살아 있던 그때처럼.

초
록
불

○

○

○

신호등의 초록 불이 깜빡이며 꺼져가고 있을 무렵,
거동이 불편한 할머니 한 분이
아직 횡단보도를 반밖에 건너지 못하고 있었다.

모두가 초조하게 바라보는 가운데,
어린 새싹 둘이 할머니에게 다가오더니 한 손을 번쩍 들고는
할머니를 부축하며 걸음을 돕는다.

신호는 이미 빨간색이 되었지만
우리 모두의 마음에 초록 불이 켜졌던 그때처럼
조그마한 초록 불이 영원히 빛나기를 바라본다.

사과 받아유

○

○

○

오늘도
미안하고
사랑해유.

내 사과 받아줘유.

Part 4.

겨울날의 기적

반짝이는 별처럼

예쁜 꿈을 선물할게

좋다

○
○
○

가을의 끝자락이 코끝을 스쳐갈 때면
너와 체온을 나누며 눈을 감은 채
초겨울의 청량한 공기를 느껴보곤 한다.

"좋다."

이제 막 시작되는 새로운 계절에
너와 내가 함께 있다.

온기를 나누기 딱 좋은 계절이다.

눈사람

○

○

○

추운 겨울, 날씨를 잊은 채
눈을 그러모아 눈사람을 만들어본다.

어릴 적 눈사람을 만들었던 기억을 떠올리며
설레고 즐거운 순간을
우리 아이들에게 선물한다.

눈사람을 만드는 너와 나 또한
모두 어린아이로 되돌아가는
기분 좋은 추억의 한때.

상큼하고
달달한 존재 ○ ○ ○

겨울이 되면 집 안은 온통 귤 내음으로 가득하다.
상큼하고 달달한 귤 향이
따뜻한 온기와 함께 구석구석 퍼져나간다.

상큼하고 달달한 귤을
상큼하고 달달한 사람과 함께 나누는 저녁.

오늘도 정성스럽게 귤 껍질을 벗기고
너의 입에 귤 알맹이를 하나둘 넣어주며
새콤달콤한 사랑을 전한다.

"어때, 맛있어?"

도란도란 함께 나누어서 더 맛있는
귤이 있는 겨울 저녁.
귤과 함께 우리 사랑도 무르익는다.

모두가 행복한 크리스마스에
홀로 앉아 창문만 바라보는 아이가 있다.

또 그 아이를 위해
기꺼이 산타 할아버지가 되어주는 부모가 있다.

아이들에게 선물과 사랑과 기적을 전하는 산타처럼
세상 모든 부모님이 합법적으로 산타가 되는 날.

어쩌면 크리스마스는
아이를 사랑하는 부모님의 마음에서 비롯된
따뜻하고 예쁜 날이 아닐까?

이번 크리스마스에는 세상 모든 이에게
선물 같은 기적이 일어나기를.

산타가 아이들에게
선물을 주는 이유

○

○

○

'산타 할아버지는 왜 어린아이에게만
선물을 주는 걸까?'
어른이 되어서도 선물을 받고 싶었던 나는
가끔씩 이런 생각을 하곤 했는데,
그저 산타가 아이를 사랑해서라고 생각했다.

하지만 이제는
다 그만한 이유가 있다는 걸 안다.
일 년에 딱 하루, 산타가 되기 위해 애쓰는
세상의 수많은 부모님 덕분에
산타의 존재가 더욱 빛을 발하는 것이라는걸.
크리스마스에는 아이에게 사랑이란 큰 선물을 주는
현실의 모든 산타들도 행복하기를.

눈
높
이

○

○

○

너의 눈을 바라볼 수 있는
너와 나의 지금 눈높이가
나는 참 좋아.

나를 바라보는 네 눈빛을
내 눈에 고스란히 담을 수 있으니까.
서로를 그대로 마주볼 수 있으니까.

창문과
창문 사이

○

○

○

아쉬움을 달래려
유리창에 내 마음을 남겨본다.

♥

내 마음에 보답하듯
너 또한 진심을 담아 마음을 표현한다.

♥

창문을 가운데 두고 소리 없이 마주한 공간에서
우리들의 마음이 연결되는 짜릿한 순간.

"보고 싶을 거야."

헤어지기 싫어

○　○　○

너를 집까지 바래다주는 길.
유독 오늘따라 헤어지기 싫었다.

애써 아쉬운 마음 숨기고
잘 가라며 미소 지었지만,

되돌아와 나에게 폭 안기는 너를 보며
내 마음속 심장이 뜨겁게 요동친 걸, 너는 알까?

그런데 네 심장도 나와 같은가 보다.

"헤어지기 싫어⋯."

출근길

○

○

○

매서운 칼바람이 볼을 에는 한겨울 출근길.

무료로 밥 한 끼를 먹기 위해

이른 아침에도 긴 줄이 늘어선 곳과

아무에게도 관심이 없다는 듯

휴대전화만 들여다보며 바삐 걸어가는 인도의 풍경이

이 겨울을 더 춥고 시리게 만든다.

퇴근길

○ ○ ○

퇴근길의 지하철은 여느 때처럼
사람들로 북적이며 발 디딜 틈이 없었다.
그들 사이에서 몸을 비집고 승강장으로 나왔을 때
나는 놀라 멈춰설 수밖에 없었다.

내 시선이 멈춘 자리에는 지하철에 오르지 못한 채
사람이 빼곡한 지하철을 바라만 보는
휠체어 탄 할아버지가 계셨다.

하지만 그 누구도 할아버지를
도와주지도 쳐다보지도 않았다.
모두 외면하며 제 갈 길을 갈 뿐이었다.

할아버지가 지하철을 타기 위해
수없이 시도했을 모습에
나는 차마 발길이 떨어지지 않았다.
내겐 여느 날의 퇴근길이 할아버지에겐 늘 도전일지도 모른다.

하
트

○

○

○

"이게 내 마음이여!"

눈 위에 그려진
빵빵한 하트를 보며
오늘도 빵 터져버렸다.

눈이 오면 장난스레 마음을 표현하는 당신에겐
언제나 날 웃게 하는 사랑스런 재주가 있네.

저 서툰 하트가
내게는 세상에서 가장 예쁘고 고마운 하트라는 걸
당신은 알까?

까치까치 설날

○

○

○

새 달력을 받으면 설레는 마음으로
다가오는 설 연휴를 미리 표시해놓곤 한다.
그리고 마침내 설날이 되면
내심 누구라도 찾아오지 않을까 싶어
온종일 홀로 창밖을 내다본다.

누추하고 차디찬 방에서 홀로 맞는 새해.
창 너머 보이는 단란한 까치 가족만이
나를 위로한다.

목
도
리

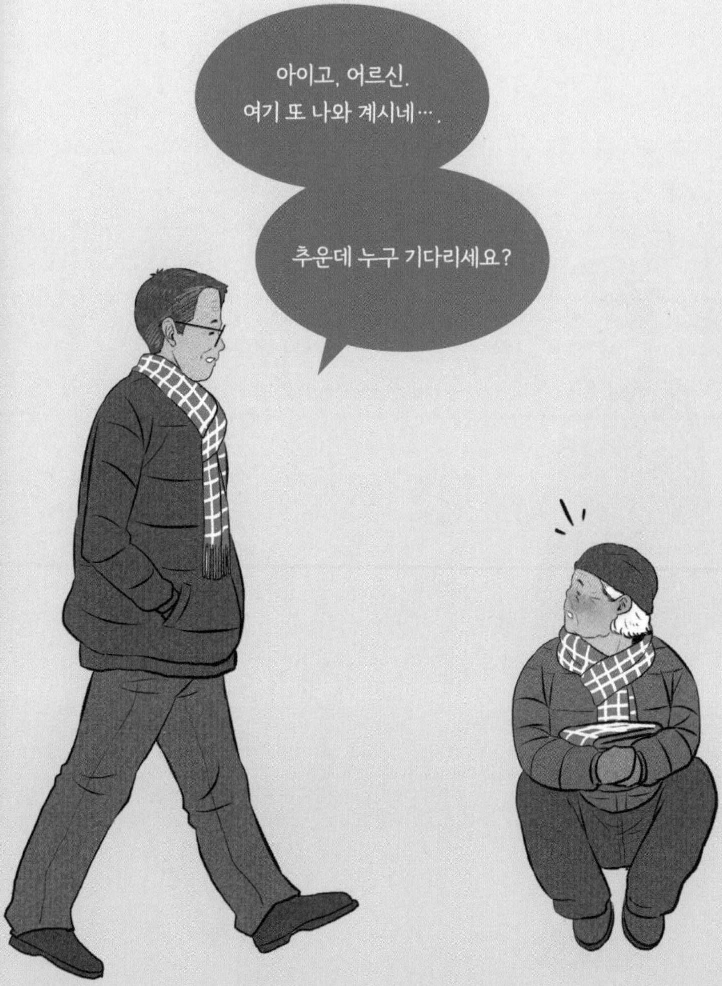
아이고, 어르신.
여기 또 나와 계시네….
추운데 누구 기다리세요?

우리 아들···.

추울까 봐 목도리 만들었는디
기다려도 안 오네···.

똑같은 색상,
똑같은 모양의 목도리가
수도 없이 쌓여간다.

어머니의 애정도 그렇게
쌓여만 간다.

어느 겨울날

"오늘은… 귤 파티다!"

해피 뉴 이어

○ ○ ○

언제나 함께

○
○
○

"괜찮아?"
"내 손 잡아!"

한결같이 먼저 손 내미는 너를 보며
나는 오늘도 너의 마음을 꼭 잡아본다.

너와 함께라면 어디든 갈 수 있을 것만 같아.
아무리 추운 날씨라도, 지독하게 혹독한 길이라도
너와 함께라면 믿고 의지하며 나아갈 수 있을 것만 같아.

새해에도 우리,
변함없이 늘 서로의 손 잡아주며
함께 걸어 가보자.

작은 사랑의 씨앗이 모여
행복을 꽃피우는 순간 ——— *

알고 있나요?

소중한 것은 늘 가까이에 있다는 것을.

우리 이 순간을 더 힘껏 사랑해봐요.
빛나는 순간이 모여 내일 더 행복해질 테니까요.

빛나는 것을 모아
너에게 줄게

초판 1쇄 인쇄 2022년 12월 7일
초판 1쇄 발행 2022년 12월 19일

지은이 명민호

펴낸이 이경희
펴낸곳 빅피시
출판등록 2021년 4월 6일 제2021-000115호
주소 서울시 마포구 월드컵북로 402, KGIT 16층 1601-1호